고양이가 키보드를 밟고 지나간 뒤
진수미 시집

문학동네시인선 226 진수미

고양이가 키보드를 밟고 지나간 뒤

시인의 말

이름 붙일 수 없는 망가짐을 보라.

어쩌면 이리도
나는, 나라는 존재는
좋아지기만 하는 걸까.

어느 날 흔적 없이 사라진
원고 파일처럼
지상이라는 무밭에서 솎아지고 사라지길
꿈꾸었던 순간을 기억하며,

이 꿈은 어서 깨도록 하자.

2024년 겨울
진수미

곱사등이에게서 혹을 떼어내는 것은
그의 넋을 빼앗는 일과 같다.
　　　　　　　　—니체

세상이라는 끔찍한 로또를 맞게 해주신
아버지께 이 책을 드립니다.

차례

1부

사유는 사유하다의 사유이고

무섭다

이곳은 사유지. 네가 잃어버린 건 뭐니? 사유는 사유하
다의 사유이고 누군가 두더지처럼 땅에서 튀어나와 자신의
이름을 꽝꽝 말뚝 박고 간다. 당신이 밟고 있는 땅의 주인
을 아십니까? 이 땅이 그들 것이라면 공기에도 이름이 새
겨졌겠지

등기소에 기입된 성명은 국가의 이름으로 권위를 누린
다. 사유는 사유하다의 사유이고 국유의 반대말이다. 그들
의 것, 국가의 것, 그래서 달라지는 게 뭐지?

국가가 공인한 변호사가 나타나 소송 기일을 통보한다.
관공서에서 발급받은 서류가 쌓인다. 법의 언어로 말하라
는 주문을 받는다. 언어의 현실적 규정력을 인정해. 네 말
은 앞뒤가 맞지 않고 불투명한 지시들로 가득해. 그래서 어
쩌라고?

차고에서 목을 매다 실패한 아버지는 이혼 후 어린 딸 셋
을 총으로 쏴 죽이고 자살했다.* 어머니가 오열한다. 아이
들은 당신 것이 아니야. 나는 당신 것이 아니야. 국가와 아
버지의 이름으로 속삭이는 소리가 있다. 모두 나의 땅을 밟
았잖아. 나의 성을 가졌잖아…… 사유는 사유하다의 사유
이고 생각과 무관하지만 공포와는 가깝다

* 〈뼈아픈 진실(Home Truth)〉(카티아 맥과이어, 에이프릴 헤이즈, 2017)

10번 출구에서 돌아보라
—강남역에서

도심이 좋아요. 보도블록과 낯선 이들을 사랑합니다. 어깨를 치고 툭 지나가도 만난 적 없는 궤도들처럼

강을 건너 여기, 남쪽. 춤추기 좋은 조명과 음악에서 여자가 빠져나온다. 손에 묻은 물기를 털며 돌아서는 순간, 금속, 날카로운 끝이 아랫배를 뚫고 들어오는 것을 느꼈다. 통증, 떨리는 나이프, 파르르 존재여, 관통하려면 부디 고속열차의 스피드로

망설이며 두드리는 계절의 노크처럼 빛 속에선지 핏속에선지 의식이 검은자 위에 흘러들어왔다 사라졌다. 희번득, 눈도 감지 못한 채 돌아서면 어느새 터널 끝

팔랑이는 포스트잇의 노란 날갯짓으로 이곳과 저곳이 나뉠 때 무언의 시선도 날카로운 금속의 일종이었다고, 피 묻은 비명이 아이스크림처럼 녹아 흘렀다고 누군가는 중얼거렸습니다

궁극적으로 질문인 세계여 여자, 한복판, 찔렸다…… 무표정한 당신, 사실의 톤으로 만져지는 것들을 묻는다면, 양파의 궤도로써 도는 세계여 지금 당신의 이름으로 벗기고 있는 것은 무엇입니까

버스보이, 시인, 웨이트리스 그리고 혁명

워싱턴 D.C.에는
Busboys and Poets라는
레스토랑이 있다

버스보이는
웨이트리스를 도와
그릇을 치우고
설거지하는 사람
시인과 이들이 어떤 협의체를 만들고
어떤 방식으로 혁명을
꿈꾸는지 알 수 없지만

나는 웨이트리스,
내게도
사랑하는 버스보이가 있었다

당신이 원하는 음식을
주문서에 적고
알맞은 온도의 접시들을
재빨리
테이블에 내려놓는 것이 나의 일,

당신이 비운 접시를 치우고

흘린 소스를 닦는 것이
버스보이가 했던 일,

우리는
그렇게 신나게 일을 했었다

새벽이 가까워진 레스토랑에서
당신의 팁을 나눠주고
당신 흉도 나눠 듣고
더듬더듬 토로하는 불법체류의 삶에
귀 기울이며
그렇게 신나게 우정을 쌓아갔다

아니,
그렇게 우정이라고 생각해왔다
버스보이는
더이상 나와 일하지 않는다

그렇게 더 허드레한 직장으로 밀려나가고
더이상 내 전화를 받지 않는다
나의 무엇이 그를 섭섭하게 했던 모양
그게 뭔지 나는 짐작조차 못한다

우정이 깨지고
이유를 모른다면
그것은 당신이 가해자라는 말

선량하고 성실했던
나의 버스보이여
우리는 친구가 아니었었나, 따위
탄식은 집어치워라
틀림없이 내가 뭔가 그를 서운하게 했다

뭔지도 모른다는 게 섬뜩해서
허둥대다
주문을 잘못 받아 적고
주방과 홀에서 욕을 먹고

인원 감축이 이루어진
텅 빈 레스토랑
더러운 접시와 테이블, 의자들만이
나를 응시하는 시간
퉁퉁 부은 발목으로 버스를 밀며
그를 떠올린다

레스토랑 밖에는 달이 떠 있지

싯누런 가래를 매단 달무리처럼
지워진 듯 돋아난 듯
그렇게 CLOSED를 속삭이며 떠 있지

달빛 아래 서면
죄인이라는 생각
어쩐지
시인에 가까워졌다는 생각

받지 않는 전화를 끊으며
이래서
조직이 힘들다는 생각

이래서 나의 혁명이 멀다는 생각
워싱턴 D.C.보다
달 정찰 인공위성보다
더, 더, 더 멀다는 생각

센세라는 이름의 고양이

죽음은 강물 위
흐르는 안개를 타고 걷는 일
새벽 호수의 북단
어슴푸레 멀다

삶이란 모두 잠든 밤
삐걱대는 마루를 디디는 일

발끝을 뽀족 세워도
존재의 기척은 요란하다
당신을 깨우고야 만다

살아 있음에, 미안함에
이 밤이어서, 추위여서

더듬더듬
가운을 여민다
단추와 단춧구멍을 꿰려 한다
단추와 구멍은 만나지 못한다

구멍 사이로
밤이어서
둥그래진 고양이가

사라진 손가락을 타고 간다
　흐릿한 경계를 밀고 간다

　영하의 안개를 걷는 고양이
　영원의 강물을 서성대는 고양이,
　고양이들

처형의 이름

당신은 십자가
나는 Whipping Post*

생은 한없는 모욕
순종과 굴종 사이에서 눈알 굴리는 것
아버지
개를 만들고
개의 울부짖음을 완성하셨다

관이 두 동강 났는데
나는 죽지 않았다
당신의 마술인가요?

매 순간
매일까 사랑일까 매일까 사랑일까
매일까 사랑일까 고민케 한다
이것이 진정한 매직

어젯밤 간 생리대에
아무것도 묻어 있지 않았다
세상을 처음 본 백색 아기처럼

손을

그렇게 감추면 무엇으로 써야 하지?

[ˈsʌmtaɪmz]라고 당신은 말한다
아가, 난
때때로 다른 사람이란다

개처럼 매달려 채찍을 기다린다
매일까 사랑일까
Whipping Post

당신은 십자가 위
나는 여기 묶여
감은 배꼽이나 벌려볼까
타오르는 세상을
한입에 삼키리

하루라는 채찍이 또 날아온다

밤새 저작한 태양을 토해내야지
무릎을 꿇고
변기에 고개를 담근다

수면에 비친 게

얼굴인지 내장인지
버튼을 더듬는 손가락은
알지 못한다

* 올맨 브라더스 밴드의 곡명(1969)

공포분자

소설 속 의사는 검은 양복을 입었다. 아내는 멍하니 앉아 있다. 소설을 쓰느라 인생을 허비해서야 되겠어? 문이 닫힌다. 의사의 젊은 아내는 소설가다. 남편이 떠난 서재에서 글을 쓴다. 검은 잉크는 사진을 현상하는 데도 쓰인다. 시곗바늘 소리는 어쩐지 카메라 셔터 음을 닮았다. 총격지에서 가출 소녀는 홀로 탈출했다. 다리를 다쳤다. 성난 엄마가 집으로 끌고 온다. 갇혔다. 시간을 죽여야 한다. 장난전화를 건다. 검은 잉크는 구식 다이얼 전화기를 재현하는 데도 쓰인다. 전화벨 소리는 어쩐지 시계 소리를 닮아간다. 소설 속 소설가는 붕대를 감은 소녀가 꾸며낸 소설의 충실한 독자다. 소녀는 시계가 있어도 시간이 궁금하다. 죽여야 한다. 다이얼을 돌린다. 현재 시각은 11시 31분 19초입니다. 20초입니다. 23초입니다. 세계는 소리소문 없이 이동한다. 의사는 자신의 세계를 확신하는 자의 표정을 지녔다. 비굴함과 음울함과 피로가 뒤섞인 얼굴이다. 남편 없는 서재에서 아내는 글을 쓴다. 다이얼 돌리는 소녀에 대해 생각하다 담배를 입에 문다. 남편의 기척이 들리면 재빨리 연기와 재를 서랍에 밀어넣는다. 서랍 닫는 소리는 어쩐지 카메라 셔터 음을 닮아간다. 사진사는 흐르지 않는 방을 원한다. 밤이 가득한 방을 원한다. 서랍 속에서 소설가가 중얼거린다. 이곳은 어쩐지 암실 같아. 허비할 뭣도 없네. 완벽하군. 거리의 총격전은 그녀와 무관하다. 하지만 서랍 닫히는 소리는 총소리를 닮았다*

*〈공포분자(恐怖分子)〉(에드워드 양, 1986)

2부

구경을 했으면 구경거리가 되어야 한다

젖어서 아름다움

당신은 옛사람을 만난다 스크린도 무대도 없이
옛사람은 옛날에만 머무르지 않는다
악어가 물속에만 살지 않듯이

"잘 지냈어?"
잘 지내긴, 제길
당신을 잊으려
바르셀로나로 로마로
스톡홀름으로 헤매 다녔어요
로드무비 주인공처럼 오토바이에 기대어
건들거리고 싶었지만,

파리의 11월
추적추적 비 오는 일요일
신호등 여럿인 교차로에서
맞은편 블록에 있던 중년의 파리지엔은
"아탕시옹(attention)!"이라고
크게 외쳐주었다

머리를 구름 속에 처박은
나는
아무것도 눈치채지 못하고
로트바일러나 알래스칸맬러뮤트가

지른 듯한
초대박 변을 지르밟고 말았다

엄마보다 친절하시네요
나의 불운이 진심으로
안타까운 듯한 파란 눈의 여인이여,
그대를 따라가
그레이트피레네나 세인트버나드처럼
발밑에 넙죽 엎드리고 싶었다

어머니라는 이름의 여인
나의 실패를
터무니없이 멍한 표정을
불신과 비난의 증거로 써먹으며
고통스러웠을 여인이여,

11월, 나는 개똥 밟는 여인으로 불린다
파리서도 피할 수 없던 운명
서울이라고 다를 게 있나
뭐

젖은 우산대를 고쳐 쥐며
밟고 미끄러지지 않은 게 어디야,

짓이겨진 개똥에서도 위로를 찾는 법
당신은 가르쳐주지 않았지만
(실패는 나쁘고
삶에 흠결 없는 아름다움만 영원하리라.
누가 이런 개똥 같은 생각을 처음 만들어냈을까? 그댄
위로를 알지 못했고
건네는 법은 더더욱 몰랐고)

삶이란
누군가 한 번은 밟아야 하는
개똥의 다른 이름

젖은 교차로에서
냄새나는 생이
끈덕지게 달라붙는 나의 바닥을
세상 모서리에 비벼 닦는다
스크린도 무대도 없이
아름다운 나의

개똥,
당신들

더 작은 입자보다 조그만

턴테이블을 느리게 회전하는 오보에 선율은 연주자의 일
그러진 얼굴을 보여주지 않네 허나 소리를 삼키는 소리를
볼 때, 개미 소리로라도 물어야 한다네 목소리는 무엇입니
까 더 큰 것이 큰 것을, 큰 것이 작은 것을, 작은 것이 그보
다 작은 입술을 지워버릴 때, 진열대에서 말없이 천칭을 꺼
내는 자여 저울은, 평등은 무엇입니까 차라리 비대칭의 거
울 속 짓이겨진 얼굴을 들고 뛰쳐나올까요? 마구 편향된 날
개처럼 돌아가는 세계, 프로펠러여

개미는 애인이라도 있지

내 이름은 로제타
일자리를 구했어
친구도 생겼지
나는 평범한 삶을 살 거야
시궁창에서 벗어날 거야
잘 자*

속삭임을 믿지 말자
그건 먹구름
까맣게
머리 풀어헤친 연기

달의 형체 지워지고
솜사탕처럼 부풀어오르면
개미들이 시큼한 엉덩이를 달고
형제인 양 몰려온단다

개미는
집터를 제공하는 식물과 공생한다
그런 식물들은 개미애인이라 불린다
식물 반려자 개미는
달콤한 꿈에 들러붙는 포식자

휘이 휘이
들판의 허수아비처럼
두 팔을 허우적대지만

하염없이 배제당하는 아이야
하염없이 밀려나는 아이야
그럼에도
삶을 선택하는 아이야
그 끝엔 무엇이 기다리는 걸까

어제는 기계가 몸을 빨아들였어
가장 먼저 잡아채인 건
손목
다음으로 먹힌 건 어깨였어

아무도 없었고
마지막 비명을 감싼 것도
기계였지
그들 귓바퀴 속 온몸이 갈리면서
온몸이 찢기면서
팔다리가 버둥대는 그 순간,

개미애인은
개미를 지키고
개미는
개미애인을 지킨다는
말이 떠올랐어

그게 다였어

* 〈로제타(Rosetta)〉(장피에르 다르덴, 장뤼크 다르덴, 1999)

당신의 혐오 당신의 근심

움직이고
숨 쉬는 것들
씹고 삼키고 빨아들이고 내보내고
세상은 커다란 변기인 셈인데
변기는 넘치기 직전인데

나는 여행이 싫어,
지퍼가 달린 모퉁이에서
잡동사니 가득찬 가방을 내려다보며
한숨 내쉬었다

여행은
화장실이 바뀌는 것
잠자리가 바뀌는 것
위아래가 뒤집힌
지도를 들고 걷는 것
찌든 악취의 골목이 튀어나오는 것

하나 혹은 두어 개 트렁크에
세상 모든 걸 넣어야 하는 것
제복 차림의 당신이
무게를 달고
무언가 빼내라 요구하는 것

바뀌는 것들이 끔찍해
그것과 내외하거든
항문기에 고착된 안쓰러운 몸이여
나는 먹은 것을 내놓기 싫다

그래서 여행은
끼니마다 변비약을 삼키는 것
정신과 몸이 불화하는 것
비우지 않은 평화란
없다는 걸 깨닫는 것

세상 변기는
양변기와 재래식으로 나뉜다
양변기는
보고 싶지 않은 것을 감춰주지
마법처럼 사라지는 것이 있지

재래식은
고약한 걸 품은 게
나만은 아니라는 걸 알게 해
황홀한 기만과
더러움의 연대랄까

마법은 환각에 지나지 않고
당신 근심은 여전히 당신만의 것
반쯤 물이 채워진 가방을 끌어안고
식은땀 흘리는 인간이여

나는 삶은
여행이라는 비유를 좋아하지 않는다

세상의 모든 풍선

동네에서 가장 작고
남루한 차림의 소년에게
풍선이 다가왔다

빨갛고 아름다운 광택
공기로 가득차
허공을 하늘하늘 유영하는
커다란 풍선이

소년이 쥔 풍선은
키 큰 사람의 시야를 가로막는다
어른들은
아무렇지도 않게 풍선을 퉁 치고 간다

풍선은 버스를 탈 수 없다
소년도 타지 않는다
풍선을 들고
소년이 거리를 달린다

소년에게
빨간 풍선은 무엇이었을까
검은 옷 선생님은 왜 소년을 가두었을까
수업종이 치고

교정을 가로질러 뛰어가는 아이들
소년은 달리지 못했다
그 곁을 풍선이 지켜주었다

"유리 갈아요!"
유리를 진 남자의 등이
걸어가는 파리의
어느 뒷골목

세상 모든 빛을 흡수한 표정으로
소년 파스칼이 걸어간다
빨간 풍선과 함께 걸어간다*

* 〈빨간 풍선(Le Ballon Rouge)〉(알베르 라모리스, 1956)

후드득후드득 날갯짓

블랙아웃이 오면 좋겠어
천둥 치듯 말야

시옷 자 지붕들
나란히 코를 맞댄 풍경
어슴푸레 불빛
총총한 난간에서
티티가 말한다

빛이라곤 한 점 없는
어둠이 이어지는 거야
머릿속에도
이 도시에도

모든 걸 잊는 거지
거리에 아는 얼굴이 하나도 없는 거야
누구시죠? 묻는 법을 잊고
배고픔도 잊는 거야

졸음이 오면
떠나온 교실이 생각난다
새하얀 도화지를 앞에 두고
심각한 표정을 짓던 아이들이,

여러 빛깔
크레용으로 도화지를 채운 다음
까만색으로
뒤덮는 것처럼 말이지?

네가 힘겹게 입술을 떼자
티티는 신이 난다

맞아
그땐 잠도 없어지는 거야
세상 모든 경계가 지워지는 거니깐

너의 눈꺼풀을 지탱해줄
작은 나뭇가지를 찾으러
티티가 멀어진다

목덜미까지 졸음이 번져
고개가 바닥으로 툭 꺾인다
티티가 호로록 날아와
어깨 위에 앉는다

티티, 너는 새였구나

나의 눈알을 물고 숲속으로 사라졌던

여긴 티티의 꿈속이로구나
나는 붉은 발을 가진 새였구나
부리로 속삭이고 있었구나

나무로 된 책걸상에 앉은 아이들이
동전을 꺼내
검은 도화지를 긁는다

새 한 마리
어깨에 얹은 아이가 나타나고

검은 밤이 밀려나온다
묵은 때처럼 후드득
후드득

구겨진 골목

지붕과 처마가 있는 세계를 안다. 거미들도 안다. 뚜벅뚜벅 걸으면 전깃줄이 거미줄처럼 펼쳐지고 거기 목매고 싶다는 생각, 가등처럼 반짝인다

걸음은 이상하다. 이상한 곳으로 나를 데려간다. 구도심, 이라고 동시에 말하고 나와 그림자는 놀라서 마주보았다. 이곳에 당신이 있었군요. 동으로 세 번, 북으로 한 번 영원히 알 수 없는 곳에 이르고 싶다 혹은 위로 다섯 번,

기와들은 포개진 센베이 같다. 그 아래서 어린 내가 숙제를 한다. 차가운 발목을 비비면 온기가 돈다. 위아래 입술 사이 나오는 모든 것에도 따스함이 스미기를…… "허공에 온기를 잡아먹는 좀도둑이 있어서 당신에게까지 이르지 못했답니다" 누가 내 몫의 온기를 가져갔지? 습자지처럼 얇아서 슬픈 국어사전이 펄럭펄럭 넘어간다. 암나사와 수나사…… 암키와와 수키와…… 왜 기와 이름에 암수 따위를 새겨놓은 걸까? 바람이 올려놓은 비닐봉지가 바스락거리고 추녀에 매달린 방울들이 동공처럼 흔들리고, 별안간 내 입술에서 하얀 뼈마디를 보이며 흘러나오는 소리

거꾸로 서 있는 나무

나는 한때
나무가 두 팔 벌리고
바람을 끌어모으며 살고 있다
생각했지만
이제는 땅속에 머리를 박고
두 다리를 쳐들고 서 있다
생각하기로 했다

나무는
물구나무서서
손가락으로 대지를 움켜 채고
끌어당기며
중력의 법칙을 지킬 것인가
말 것인가
궁리하는 자세로

아랫도리를 허옇게 벗고서
머리카락으로 흙알 하나하나를 휘감으며
하늘을 딛고 서 있다

새들은
나무의 사타구니에
집을 짓고 노래한다

나무들이 밤마다 짝을 찾아
돌아다녔다는 전설을 상상하며

그 간사한 주둥이로
욕망은 즐겁다
욕망은 즐겁다, 라고

처형극장 A/B

디디면 촛농처럼 흘러내리는 층계가 있다 액체와 고체를 오가는 층층 계단 불속에서 하염없이 녹는 계단을 디뎌야 바닥에 당도할 수 있다고, 나는 아무도 없는 극장에 서 있었다 무대에는 커다란 인형들이 매달려 있다 교수대라고 누군가 속삭였다 죗값을 전부 치렀다는 듯 조용히 눈 내리깔고 있었다 조명이 켜지고 검은 연미복의 남자가 휘파람을 날리며 걸어나왔다 콧수염을 단 또다른 남자는 장갑의 하얀 목을 당기며 과장되게 입술을 올리고 웃었다 만담 콤비처럼 주거니 받거니 요란하게 떠들어댔다 들어본 적 없는 언어다 샴에서는 어떤 언어로 말을 하나 찢어진 샴쌍둥이 이들을 A, B라 부르자 테이프 A면과 B면처럼 늘어져 누가 누구의 얼굴인지 알 수 없을 때까지 돌려 보자 정상에서 벗어나 이상으로—이상에서 탈주해 다시 정상, 정상에서 하강하기—하강 뒤엔 부상—부상 후엔 응급실, 컴퓨터게임 블록처럼 소리가 쌓이고 재담이라도 터진 듯 옆구리를 부여잡으며 웃음을 터뜨린다 (A, B면 동시에 외친다) 다음번은 제빙기 톱날이 만드는 인간 슬러시! 그도 아니면? 구름 속 팔들이 솟아나 걸레처럼 쥐어짤 것이야! 흡수다, 흡수 아니 통합이지, 통합! 두 남자는 광기가 극에 달한 것처럼 서로 고함을 쳐댔다

조명의 키(key)가 점점 낮아지고 두 남자, 무대 가운데에 우뚝 선다 웃음기 없는 얼굴 A가 지팡이 끝으로 나를 겨누

었다 탕탕 입으로 총소리를 내면서 구름처럼 흩어져갔다 혼
자가 된 B가 으르렁거리며 게걸음을 쳤다 짐승의 말을 쏟
아내었다

"구경을 했으면 구경거리가 되어야 한다!"

　주술에 걸린 인형처럼 나는 무대에 오르고 있다 천장 쪽으
로 얼굴이 젖혀졌다 꺼진 조명 사이 젖은 밧줄이 탯줄처럼
내려오고 있었다 두 무릎은 가만히 맞닿은 채 접혀 있었다
축축하고 검은 것이 목덜미를 덮치고 친친 휘감았다 철커덩
바닥이 열리자 나는 일어서서 공중을 걸었다 영원과 찰나가
한순간에 닥쳐왔다 커튼이 흔들리는 사이 눈이 얼었다 녹는
속도를 떠올리며 두 눈을 감았다

3부

이다음 밤은 싱크홀,

세 겹의 죽음, 그리고 카사밀라의 재회

1926년 6월의 어느 월요일 안토니오 가우디가 바르셀로나 노면전차에 치였다 남루한 행색의 노숙자라 여긴 운전사는 그를 방치했고, 택시 세 대는 병원 이송을 거부했다 병원에서도 두 차례 거절당한 가우디는 결국 빈자를 위한 무료 병원으로 옮겨졌다 거기서도 방치되었던 그가 가우디라는 이름을 듣고 당황한 의료진에게 했다는 전설 같은 이야기 "나를 그냥 여기 두어라. 겉치레를 보고 사람을 판단하는 이들에게 거지 같은 가우디가 이런 데서 죽는다는 걸 보여주겠다. 가난한 이들 곁에 있다 죽는 게 내게 어울린다."

당신은 부자인가요 어떤 옷을 입었나요 무엇을 다루고 있나요 삶의 출구가 있나요 한 남자가 셔츠를 입고 깨지기 쉬운 말, 이미지 같은 것들을 카메라에 담았습니다 그의 주변은 성공, 결혼, 우정처럼 조각나기 쉬운 것으로 가득했습니다 우연히 그는 자신을 똑 닮은 남자를 만납니다 우연히 그의 죽음을 봅니다 이제 그는 죽은 자의 여권과 수첩을 들고 미지의 삶으로 환승중입니다 단단하고 깨지지 않는 삶이라는 환상 속에서 당신은 오늘도 신발끈을 묶고 있습니다

해가 지는 안달루시아 글로리 호텔에서 한 남자가 숨을 거두었다 두 여자가 죽음을 바라보며 손바닥으로 얼굴을 감쌌다 한 여자는 그가 도망치려 한 아내였고 다른 여자는 새로운 삶의 동반자였다 영화는 Gun과 Girl이 없으면 불가능하

다, 고다르의 말이다 권총이 든 트렁크를 들고 무기 밀매상이라는 직업을 새로 얻은 남자 곁에는 으레 젊은 여자가 따르기 마련이다

이름 없는 젊은 여자는 지금-여기 소속되지 못한 몸짓으로 책을 읽거나 휘청이듯 걷는다 그녀는 세상으로부터 증발하려는 욕망을 전신으로 이해한다* 그들이 선 공간을 만든 사람의 죽음을, 과거로부터 도망중인 남자에게 속삭인다 카사밀라 옥상에서 이들은 다시 만난다 그날 옥상에는 크기가 제각기인 빨래가 펄럭였고, 아래층 발코니에서는 부부싸움이 한창이었다**

* 그도 그럴 것이, 이 배역을 맡은 마리아 슈나이더(1952~2011)는 스무 살에 출연했던 〈파리에서의 마지막 탱고(Last Tango in Paris)〉(베르나르도 베르톨루치, 1972)에서 버터를 사용한 강간 신(감독은 사전에 그녀와 상의하지 않았다)을 촬영하며, 이후 수차례 자살 시도를 할 정도로 극심한 트라우마를 얻었다. 상대역이었던 말런 브랜도(1924~2004)는 이 연기로 전미비평가협회와 뉴욕비평가협회 남우주연상을 수상했다.
** 〈여행자(Professione: Reporter)〉(미켈란젤로 안토니오니, 1975)

당신 행성의 위치

하얗게 바람이 숲에서 흘러나왔다. 얼굴을 아래에서 위로 쓸어올린 후 허공을 동그랗게 말며 사라져갔다. 숲의 입구 18km 지점을 통과하면서 댄이 외쳤다. 이봐 스즈키, 이곳은 움직이는 가구들로 가득하군. 바람을 따라 잎사귀들이 한 방향으로 스스스 쏠리고 있었다. 앞서가던 스즈키가 고글을 고쳐 쓰며 말했다. 댄, 이것들은 가구라 부르지 않아, 그건 옳지 않지. 누가 그래? 댄이 마른 나뭇가지를 밟았다. 단호한 부서짐. 목소리. 댄의 그것도 바스러지는 듯했다. 누구라니? 스즈키가 소리를 좇아 돌아보았다. 댄이 지워지고 있었다. 흐릿해진 형상을 숲이 빨아들이고 있었다. 스즈키는 고글을 정수리 위로 올렸다. 미간을 좁히며 사라지는 친구의 조각조각을 응시했다. 이것을 가구라 부르지 않는 존재, 그들은 살아 있나? 댄이 부재하는 자리를 회갈색 가지와 몸체가 얼룩덜룩 채우다가 떡갈나무 한 그루가 선명하게 보일 때까지 스즈키는 꼼짝하지 않았다. 옹이에서 목질로 된 노란색 뻐꾸기가 튀어나와 뻐꾹, 하고 울었다. 12시군. 스즈키가 고글을 내리며 돌아섰다

거기, 12시의 당신, 살아는 있나?
댄의 목소리였다

스즈키가 숨죽여 웃었다. 나무들은
긍정도 부정도 아닌 방향으로 흔들렸다

되돌아오고 있었다

듣는다
―지영에게

지구 반대편
너는 깨어 있고

이불 아래 차가운 두 발을
나는 막 뻗는다

이렇게 만나는 거지
이렇게 귀 기울이는 거지

우리의 받침대가 사랑일 때
고통으로 달구어진 신을 신을 때

흙먼지 이는 꿈속

네가 너를,
밤이 밤을
고백하기 시작한다

죽은 자의 휴일

한 발을 딛고
두 발짝 딛고
다음 발은 싱크홀
다음다음 발은 무엇일까
생각하다 잠이 깼다

지금은 밤일까
아침일까
새벽이라는 말을 좋아했던
누군가가 떠오르고
나는 바닥을 만져본다

팔이 길어져
콘크리트를 뚫고
그러고도 길어져
무언가 만져진다면
죽은 이의 심장이라
부르리

딱딱하고 느릿느릿
움직이는 그걸
학교에선
맨틀이라 가르쳤지

하지만 그건 떠난 자의
검붉게 끓어오르는 멘탈

그들은 죽었고
산 것은 나라는데
도무지 뭐가 팩트고
가짜 뉴스인지
바닥을 만질 때마다
헷갈렸다

나의 매일매일은
그들의 빨간 날
딱딱하고 느릿하게 출렁이는 시간
그건 핵에 가까운 거야
핵을 녹이려는 흐름인 거야

한강변 아파트는 높이높이 솟구치고
기억은 짧고 뭉툭해져간다

다정했던 아이
그러나 죄를 짓고
벌받는 자세에 괴로워하고
딱딱해진 심장을 안고

휴일의 우주로 떠나갔지
너를 떠올리며
다정함을 떠올리면
나도 죄를 짓는 걸까

35층 아파트에 설 때마다
바닥을 내려다본다
여기서 떨어지면
무엇이 먼저 바닥과 만날까
금이 간 액정에서 손을 떼고
심장을 쓰다듬는다

이다음 발은
싱크홀,

푸른 잎 우주_20140416

아침이 왔다 물 한 컵 마시고 고양이 밥을 주고 스트레칭하고 더없이 좋은 시작이었는데 뼈가 부러졌다 모든 게 망가졌다 광장에 들렀다 카페에서 책을 읽기로 한 약속 동강난 연필심처럼 어디론가 굴러갔다 힘이 들어가지 않는다 움직일 수가 없다 엉뚱하게 사지가 부푼다…… 내 것이 아닌 거 같다 아프다…… 아프다…… 의사가 상처를 두드리며 물었다 최대치를 10이라 할 때 어느 정도 아픈가요? 통증을 가늠하다 혼란이 왔다 내게 1인 것이 남에게 3일 수 있지 않나요? 타인에게 6이 내게는 2면 어쩌나요? 당신의 통증은 당신의 것 나의 그것은…… 우리는 앞을 보고 서 있었다 서로를 곁눈질하며 입술을 꾹 다물었다 당신의 심장을 움켜쥔다면 당신 고통을 헤아릴 수 있을까…… 고통 속에 고립되지 않으려 우리는 가슴을 쥐어뜯는다…… 울부짖는다…… 거긴 7만큼 아파요 이게 9의 경지인가요? 통증에 계단이 나 있다면 고통의 나선계단을 다 같이 오를 수 있다면 더 높이 서 있는 당신을 향해 고개 젖힐 것이다 당신 얼굴에 무언가 흐른다면 그것이 여름비처럼 살갗을 두드린다면 용암처럼 얼굴을 녹인다면 우리는 다 같이 아프다 아프다 외칠 것이다 고통으로 몸 비틀 것이다

그래서일까요
통증의 시간은 식물을 닮았어요
다른 시간의 가지를 타고 오르는 넝쿨처럼

줄기 끝
붉은 꽃을 매달고 화분 밖으로 팔을 내뻗는
게발선인장처럼

심해어

내게는
두 개의 눈이 있고

눈을 반쯤 감은 현실이 있고
스크린이 있고

액자처럼
세계를 껴안은 어둠이 있다

어둠은 사라지지 않는다
당신의 이름도 사라지지 않는다

스크린에는
하염없이 이어지는 빗줄기가 있고
납작 엎드린 고요가 있고

우리는
*왜 이리 슬픈 일이 많은 건가요?**

지층처럼 단단해진 어둠
못생긴 입술이 있고

눈을 감으면

왜 동시에 감기나요?

느릿느릿 어둠을
툭 밀어내는 물음이 있고

* 장애인 야학 수업에서 한 학생이 던진 말

누군가는 달이 없어졌으면…… 하고 빌었다

해안선에 군인들이 도열해 있다 물들이 출렁인다 한때 인간이었던 몸이 떠오른다 차갑고 부풀어 거의 물빛이 된 몸이여 수색대는 이미 출발했다

깨어날 때마다 나를 일으킨 꿈에 대해 말하고 싶었다 여기 아무도 없습니까 손가락이 부여잡는 건 울부짖는 바다 검푸른 출렁임 멀리서 개가 짖는다

그리고 오래된 노래여 또다시 항해에 오르면 그 순간을 기억하라 바람이 그대 눈동자를 더 멀리 데리고 갈 터이니

나를 증명하는 건 노래뿐
통행증도 여권도 없이 물위를 떠도네

국경이란 무엇인가

어둠이 된 얼굴이여
이름이여
종이여
국경이란 무엇인가

낡은 기차에 실려 사람들이 떠난다
한곳을 바라보고 있다*

* 〈황새의 멈춰진 걸음(To Meteoro Vima Tou Pelargou)〉(테오 앙
겔로풀로스, 1991)

4부

인간은 어디까지 식물이 아니고

자연광 독서

벚꽃 가지 위
쥐가 새소리를 낸다
TV를 너무 많이 본 모양이다

아침을 황혼으로 만드는 날개를 알아,
그 밑에서라면
세계를,
이 밤을 이해할 수 있어

소리들이
잇몸의 피처럼 스며든다
햇빛 속 언어로 새겨진다
왜 읽고 있는 거지?

바퀴를 굴리며
노파가 복도를 걷는다

나는 내가 불편해
한없이

아마
이 생 내내 그럴 거야,

노파는 201호 앞에서 턴을
돌고 돌아온다
바퀴는 타일의 시간을 이해할 수 없다

노파가 벨을 누른다

손마디 주름에 말간 햇살이 스민다
인간의 시간을
스캔하는 시선이었다

검은 화환

메이드 인 서울

아침을 먹자
점심이 발생하고
태양 사이를 끼루룩끼루룩
왕복하는 구름들

만든다는 것은 무엇일까
얼굴을 만들어보자
정오의 시계추처럼
깨지지 않는
얼굴을

겨우내
건강식을 먹고
프로틴을 마시고
헬스 기구를 왕복했다

GYM

얼굴을 파묻는 사람이 있다 얼굴을 뚫고 나오는 사람이 있
다 라운드 티와 반바지를 입고 있다 공영방송의 다큐멘터리

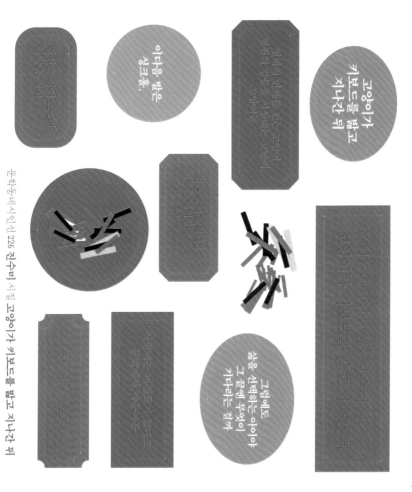

가 방영되고 있다 나이를 알 수 없는 근육질 남자가 다가왔
다 주름이 입가에 패어 있다 회원님이라고 나를 불렀다 내
손에 자꾸 열쇠를 쥐여주었다

#순환

내 피가 가는 곳을 모른다
캄캄한 경기장
똑같은 트랙을 수만 번 달리는
경주마의 심정을
나는 모른다

담배 한 개비가 사랑스러운 것은

매번
첫 경험처럼 폐를 누비고 떠나기 때문

#해설 쓰는 밤

너를 반복하고 싶다

네가 고른 단어 외에는
어느 것도 발설하고 싶지 않다

허공에 발을 감춘
눈송이,

착지의 순간
어디도
쳐다보지 않는 깃털처럼

복도식

아침에 눈뜨고
설탕물
한 잔

아무데서나 녹지 않는
마음
인간은 동물이고
덤으로
정치적이다

인간은
어디까지 식물이 아니고
어디서부터 정치지?

복도는
여러 개의 문을 갖고 있다

어떤 문은
검은 손바닥을 가졌다

냄새나는 것을 내놓고
쾅 사라진다

20세기적 혼종

　누아르의 총구가 향하는 곳이 있다. 받은 대로 돌려주리라. 시꺼먼 감정이 몸서리치며 불을 뿜는다. 당신이 범인이었어! 탕탕

　SF가 가리키는 미래 혹은 가상의 시간을 보라. 아파트 중앙난방 시스템처럼 도시의 중앙 기억 α60은 홀로 생각하고 홀로 말하고 홀로 트림한다. 우리의 불행은 세계가 현실이라는 것, 나의 불행은 내가 α60이라는 것, (꺼어억)

　누아르와 SF의 뒤섞임. 거기서도 여성은 언제나 도구다. 죽음의 도구 일상의 도구 계몽의 도구 바깥에서 온 사내는 고작 한 개비 담뱃불을 밝히면서 프로메테우스 흉내를 낸다. 당신에게 불을 붙여주려고 6000km를 달려왔소.

　당신은 아무것도 몰라.
　어느 날 밤 당신은 그것 때문에 죽지.

　누아르와 SF의 뒤섞임. 과거와 미래의 착종을 본다. 시간이란 나를 만들고 있는 물질이며, 나를 데려다주는 강이다. (꺼억) 나를 파괴하는 시간이여, 그것이 나의 이름이다

　알파빌이라는 도시가 있다. 안나 카리나는 기획과 기억부서 프로그래머다. 그녀는 20세기 파리의 최첨단 기능주의

건축물 계단을 오르내린다. 어둠의 끝으로 가려는 사내의 손을 잡는다. 그의 팔이 안개를 뚫고 솟아난 빛이라 속삭이지만, 아름다운 건 그녀다. 어둠 속에서 홀로 빛난다. 도시를 빠져나와도 그녀는 영원히 알파빌 주민으로 기억된다*

* 〈알파빌(Alphaville)〉(장뤼크 고다르, 1965)

텐 미니츠 첼로

　오렌지를 분쇄하는 중이었다 뉴스가 흘러나왔다 비행기
가 공중에서 납치되었다 회전하며 짓이겨지는 오렌지를 바
라보다 어지러움을 느꼈다 귓바퀴를 타고 뜨거운 것이 흘러
내렸다 나는 비행중인 걸까 물에 잠긴 활주로처럼 오른 귀
에서 왼쪽 귀에 이르는 통로가 먹먹하다 비행기는 항로를
잃었다 비행기는 이륙한다 비행기는 연료가 없다 비행기는
뉴스 속 인물이 되어 뉴스를 듣고 있다 톱날이 돌아가고 오
렌지가 으깨지고 마지막 과일이 소진되면 무엇이 분쇄될지
아무도 모른다 밤, 이라고 누군가 속삭였다 밤, 이라고 누군
가 비명을 질렀다 밤, 이라고 누군가 두 눈을 하얗게 가리고
처형대로 걸어갔다 기계들이 지직 지지직 울어댔다 새하얀
리넨을 펼쳐놓고 밤, 이라고 흐느끼는 자는 누구인가 희고
검은 망점 위로 낯선 얼굴이 솟아올랐다 낯모를 이름을 실
은 부호들이 밤하늘로 날아갔다 밤의 오렌지는 끈적끈적하
고 액즙으로 가득하다 흘러내리는 붉은 것을 바라보며 밤,
이라고 중얼거렸다 우리는 비로소 마주보았다 동그래진 눈
동자로 열시 방향의 시계를 가리켰다 비행기가 착륙했다 비
행기가 폭발했다 이것은 실제 상황이다 실제 상황이 아니다
하얗고 뜨거운 구름 속, 오렌지가 회전을 멈췄다*

* 〈텐 미니츠 첼로(Ten Minutes Older: The Cello)〉(이스트반 자
보, 클레르 드니 외, 2002)

이 해변은 당신을 닮았다

전화를 받으면 어디야? 묻는 사람이 있다 어디긴, 여기지 답하고 싶지 않다 병원이면 환자 상담실이면 내담자 장례식장은 조문객 나는 의사가 아니니까 상담사가 아니니까 죽은 자가 아니니까 입 다물어도 장소가 날 일러주는구나 전화를 받자마자 다짜고짜 어디야? 하는 사람이 있다 나는 여기 있지 그러는 당신은 어딘데? 되물을라치면 거기가 어딘데? 끝없이 질문받는 꿈을 꾸었다 나는 여기야 바닷가를 걷고 있어 당신을 생각하고 있어 당신을 읽고 있어 뇌의 주름에 마지막 파도를 새기고 있어 하얗게 부서지는 꿈을 꾸고 있어

번갯불에 콩 볶아 먹는 일

사람들이 하늘을 바라보고 있었다
콩알이 담긴 접시가
발밑에 놓여 있었고

꾸륵꾸륵 우르르 쾅쾅

이제 오는 건가?
전압계를 만지작거리며
나지막하게들 속삭였다

이.건.세.상.에.서.제.일.느.린.번.개.야.

빛이 이리 움직인다면
이 속도로라면,

난 저기 멀리로 날아갈 거야
거기서 당신의 탄생을 지켜볼 거야

너도나도 모르는 비밀을 손에 쥐고
순간의 주름을 팽팽하게 펼칠 거야
세계는 슬로모션으로 움직일 거야

콩알처럼 입자가 느릿느릿 춤추는 시간

흔들리며 부서지는 이 물결이,
이 빛살이 안 보이니?

너는 나를 모르겠지⋯⋯
허나 내가 너를 알아볼 거야

번갯불이 정수리에 박히고
세계가 쪼개질 거야

폼페이 연인처럼
화덕 속에서 우주를 안을 거야

영원을 끌어모으며
입맞출 거야

번갯불에 똥덩어리

민정이가 말했다
세상에서 제일 무서운 점이 마침표라고

그게 찍기 싫어서
시를 쓰게 되었다고 말했던가?

말줄임표 끝에
마침표 찍는 시를 썼었지
마침표랑 찰떡은 침묵이라
죽음이라
그게 제목이 되었어

어영부영이라는 말이 마침표를 닮아서
엉망진창이라는 말을 닫는
마침표가 서늘해서

화장실을 박차고 고양이가 뛰쳐나온다
바닥에 새까맣고 물컹한 걸
떨어뜨린다
쉼표처럼 아늑하다

우다다다다다다다닷
물그릇 쓰러뜨리고

밥그릇을 뛰어넘으며

사랑에는 마침표가 없다고
문밖에서 야옹야옹

여기, 털피지의 기적

한국 시인들은
너무 열심히 시를 쓴다
조금만 덜 열심하면
아마존 나무의 생존 주기를
연장할 수 있을 텐데

이런 소리 해대던 나까지도
시집 한번 내겠다고
A4 용지에 잡설을 인쇄하고 있으니

고양이는
이 사태가 심히 걱정스러운지
며칠째 프린터 앞에 죽치고 앉아 있다

투입구로 빨려들어가는
종이가 아까워 붙잡겠다고
두 발 허우적대다가

급기야 자기가 들어가려고
몸을 납작하게 낮추고
머리를 들이미는 중이다

프린터가 종이 대신

납작 고양이를 투투투투
출력하는 광경을 상상해보라

시어로 털옷을 지어 입은 고양이라니
사랑스럽고 귀엽고
아찔하게 멋지지 않은가!
(올검냥을 위해 젖빛 잉크를 생산하자)

집사 시인들이여
이제 A4 용지 대신 고양이 몸에 시를 찍어냅시다

그리하면 온 집안에 시어들이
솜털처럼 날아다니는 기적이 생길 것입니다

시와 함께 자고
시와 함께 기침하며 깰 것입니다
김수영의 시를 떠올립시다*

로션 바를 때도
얼굴에 처덕처덕 시어가 달라붙어
시의 육체와 하나된,
진정한 시인으로 육화될 수 있습니다

일차 독자 고양이는
맘에 드는 시구를 정성껏 그루밍하여
축축한 감상평과 함께
자체 제작한 앤솔러지를
헤어볼 형식으로 당신 앞에 내놓을 것입니다

이뿐이겠습니까?
양피지처럼 덧쓰기 가능합니다
고양이 털퍼지는
무궁무진 상상초월 연속발생 재질입니다

아마존 나무들 만세!
숨숨집 인쇄소 주인님 만만세!

* "젊은 시인이여 기침을 하자", 「눈」(1956)

5부

왼쪽에서는 자유, 오른쪽에선 사랑

이빨이 갖고 싶구나

 숲을 바라보면 늑대가 되고 싶은 걸까 걸어본 적 없는 숲
길을 지켜보다 동생이 불쑥 이빨이 갖고 싶다고 했다 얘 네
이는 지붕 위로 함께 던졌잖니 사람 이가 아니고, 동생이 입
술을 꾹 다물었다 사람의 형상으로 우리가 영원히 숲을 헤
맬 수 있다면…… 있다면…… 숲길은 햇살과 그림자로 얼
룩져 있다 사람은 아이거나 어른이고 그것은 햇살과 그림자
의 관계와 같다 당신이 그림자로 변한다면…… 당신이 그
림자라면…… 가본 적 없는 숲길을 달리는 달빛이 되겠다
알 수 없는 웅덩이가 되겠다 그림자는 까맣고 서늘하지 동
생 입에서 양파처럼 하얀 달이 돋아났다 검은 공기가 숲을
감싸고 알싸하고 다디단 향이 우주로 퍼져나갔다

소리와 빛

캄캄한 목구멍에서 모래가 쏟아져내렸다
목조 패널 찢어진 천장을 뚫고
흐르는 가루처럼
저마다의 알갱이로

쿨럭거려도 배출되는 것이 없었다
목구멍이 분명 내 것인데
어떻게 나는
바라보는 자인가

쏟아지는 중심에 있다
아주 오래된 아래로 향하는 힘
지구의 생애가 응축된 듯한,

어둠 속에서
무릎 위로
고양이가 뛰어올랐다
흐르면서 튀어오르는 용수철을 보았다

모두가 쿠로브스키 부인

문틀 안에 사람이 있다
대놓고 심술궂게 말하는 사람
다른 인종을
구역질나는 족속
너절한 인간 말종이라 떠들어대는 사람
쿠로브스키 부인은 그러지 않았다

많은 여성이
전쟁으로 사별을 겪고
빌딩 계단과 창틀을 닦으며
홀로 늙어갔다
재건중인 도시에는
젊고 싱싱한 이주 노동자가 넘쳐흘렀다
'독일인은 주인, 외국인은 개' 망상에 빠진 이들은
곁눈질로
음란한 상상에 물을 주고
사랑을 선택한 이들을 모욕했다

문틀 안에
무엇이 있다
프레임은 빛과 어둠이 만드는 환영
우리는 어둠 속에서 그것을 응시한다
불안에 가슴 조이면서

쿠로브스키 부인은 그러지 않았다
나치당에 입당하기는 했다
아버지도 나치 당원이었다
그 시절에는 다 그랬으니까

전후에도
사랑하는 이를 데려가고 싶은 곳은
히틀러가 단골이었던 이탈리안 레스토랑
근엄한 표정의 지배인이 경멸어린 몸짓으로 메뉴판을 내
밀어도
모른 척 꿋꿋이 음식을 주문했다

문틈 안에 누군가 있다
행복할 때마다 우는 사람
행복의 이면을 맛본 적 있었으니

그럼에도 천국을 한 조각 구입해 금고에 넣고 싶은 사람
자물쇠 채워 소중히 보관하고 싶은 사람
엘 헤디 벤 살렘 바럭 모하메드 무스타파라는 이름을 가
진 사람
줄여서 알리라 불리는 사람
그를 사랑하고

이름을 완벽하게 부를 수 있는 사람

문틀 안에 붉은 테이블보가 있다
노란 야외용 의자도 있다
남자는 붉고
여자는 노랗다

술집 아스팔트에
집시 음악이 흐른다
붉은 조명이 떨어진다
부둥켜안은
여자의 머리와 등
남자의 어깨와 손등을 어루만진다

혼인신고 후 붉은 꽃다발을 안고
두 사람이 걸어나온다

파헤쳐진 검은 흙구덩이가
그들을 바라보고 있다*

* 〈불안은 영혼을 잠식한다(Angst Essen Seele Auf)〉(라이너 베르
너 파스빈더, 1974)

죽음과 씨름하는 건물

붉은 벽돌 빌라 골목 끝 정갈하게 가꾼 화분을 봄철이면 한아름 내놓는 집이 있었다 더러는 조용했고 더러는 아이들 무리 지어 놀기도 했는데 유독 자전거 하나 둘러싼 아이 청 높은 목소리들 싱그러웠다 꽃송이 매단 화분들이 소란한 봄이구나 쪽빛 유리알 표면을 굴리는 햇살의 시간이로구나 덜커덩 칠 벗어진 쪽문을 열고 맨발의 여인이 나왔다 부스스한 파마머리였다 애들아 지금 우리 아버지가 막 숨이 넘어가시려는데…… 미안, 조용히 해주면 좋겠다…… 노란 먼지바람이 훅 골목을 쓸고 지나갔다 현기증처럼 아이들 소리 햇살 속으로 천천히 녹아내렸다 미안해 미안해…… 녹슨 자전거가 뒤를 따랐다 봄을 앓는 담벼락 너머 벚나무가 의수 같은 팔뚝을 불쑥 내밀었다 무언가 잉태하는 기미 속 환한 그림자, 봄이었다

소파를 버렸다

그것은 한낮
정오 무렵의 일

어둑해지고 비 내렸다
진흙 묻은 네발로
거실에 들어오는 소파를 막느라
분주한 밤이었다

소파는 내가 버릴 수 있는
가장 크고 무거운 것
거기 뒹굴면서
책을 읽고 소파를
버리는 꿈을 꾸었다

네게 안겨
너를 버리는 상상은
비 맞는 네 곁에
자전거를 주차시키는 낯선 얼굴 같은 걸까
자물쇠를 채우고 돌아서면 잊는다
너를 모르게 된다

현관 벨이 세 번 울려도
젖은 얼굴을 감추며

외친다 모릅니다
몰라요
당신을 본 적이 없습니다

복도에 서서 성난
진흙 발을 구르는 그이가
누구인지,

당신인지
나인지
낮인지 밤인지조차,

장거리 여행중인 빛의 견지에서

말하건대, 대령 뿔라는 벙어리도 귀머거리도 오염된 사내
도 아니었다. 소릴 위해 입술 여는 행위를 불신했을 뿐 그는
전반적으로 낙천적인 존재였다. 취기가 오르면 대령은 저도
모르게 벌어지는 입술의 주름진 작은 동굴을 나의 치치라
불렀다. 고독 속에 솟아오른 망망대해의 섬, 입술에 가닿던
대령의 술잔에서 고양이 한 마리가 튀어나와 앞발을 모으고
동그란 눈알을 굴리며 소리 없이 말하던 순간을 기억한다

초로의 사내와 새끼 고양이에 대해 전해지는 바는 많지 않
다. 모슬린 커튼 뒤로 고양이 그림자가 어른거리면 뿔라의
방언이 사타구니에서 뿜어져 공기를 더럽힌다는 기록이 남
아 있을 뿐. 고양이가 그의 의자에 앉아 태양을 바라는 시간
이 길어질수록 음영이 더해지는 그림자를 천형처럼 이끌고
뿔라는 오랫동안 거리를 헤맸다. 바지춤에서 끊임없이 모래
가 흘러내렸다—감방서 동굴 파는 죄수 같구려—저치에게
동굴이 있다면 저 정어리 같은 몸뚱어리겠지, 새파란 대위
들이 이죽거렸을 때 그는 허리춤에서 꺼낸 금속의 뻥 뚫린
아가리를 그들 관자놀이가 아니라 동굴의 깊은 천장에 박았
다. 탕 하는 소리와 함께 고양이 치치가 쏟아지는 모래 틈
에서 껑충 뛰어올랐다. 산사태처럼 허물어지는 뿔라의 육신
을 밀쳐내고 뾰족한 귀 네발 달린 털북숭이가 안광을 뿜으
며 달려나갔다

유언이라면 손바닥을, 뿔라는 한사코 보여주길 꺼렸었다. 손금으로 심심풀이 푼돈을 벌던 노파는 손바닥에 주름도 없는 악마라고 악다구니를 퍼부었다. 비난하는 시선이 그에게 모여들었을 때 찡긋거리는 듯한 뿔라의 중얼거림. 유언장을 함부로 공개할 순 없지 않은가?

자유와 사랑의 애너그램, 뿔라의 마지막 말은 침묵과 같은 무게로 저울에 올랐다. 나는 고양이에게 갇혀 사라진 자, 고양이 육신을 얻은 자라는 묘비명을 건의했으나, 장교회의의 승인을 얻지 못했다. 멀고 먼 조명 아래에서 뿔라의 산책로에 뿌려진 모래는 더 밝은 빛으로 반짝인다. 그것은 왼쪽에서는 자유, 오른쪽에선 사랑이라 발음되는 철자의 형상을 가졌다고 한다

복도의 끝, 세계의 끝

잠들기 전
걷는 복도가 있다

흔들리는 전등
발 내디디면
어둑해졌다가
어슴푸레해지다가,

반짝
불꽃이 튀어오르는 곳
누군가 손가락을 튕기는 것처럼

오른편, 검은 물 출렁이고
검은 문들이 서 있었어
가로수처럼
입 다문 손잡이를 달고서

두리번거리지 않는다
왼편이 거울이라는 걸 알거든

문들만 서 있는 풍경이
쌍둥이라면
두드릴 벽도 없이

통곡하며 기댈 데 없는 그림이
쌍둥이처럼 펼쳐진다면

시리즈로 이어지는
비틀린 꿈이
두 손바닥으로 날아온다

오른쪽 세번째 방
중얼거리며 걸었어

복도는 길었지
오른쪽 세번째 방

검은 수면 위로
형체 없는 것이 떠오르고
손목을 휘감는 건 머리칼
무릎 따라 움직이는 끈적끈적한⋯⋯

삶이라는 건
이후인가
이전인가

당신, 죽음이라 해도 될까요
탄생을 알지 못하는 것이라
말해도 될까요

안쪽으로 더 가봐
구석에는
살인마가 되지 않으려고
도망친 아이가 앉아 있어

저 눈물은 진짜일까요

잠깐만,
자기가 누군지
안다는 건 언제나 끔찍한 일

아이를 안으라고 말하는 목소리가 있다
작고 차가운 몸을
나의 고양이를
나무에 매단 손가락들을

싫어요, 싫어
왜, 나를 진짜,
잎사귀를 소름처럼 매단 나무들이

흐느끼고

오른쪽 세번째 방은 조각난 방
거울의 방
검은 물들이 일어나 외친다

너는 삶과 죽음을 잇는 밧줄이구나
살아 있음을
시시각각 옥죄는 올가미로구나

거울 조각,
사방으로
빛을 난반사하고

토악질이
온몸을 뚫고 튀어나온다

좀비도 방귀를 뀝니까

   대합실 사내가 허리를 굽히는 순간, 이야기는 출발한다
네 칙칙폭폭 바퀴를 닮은 무릎이 바닥으로 떨어지고 척추가
어깨뼈를 능가하며 솟구치는 순간 경련이 사내를 삼켜버렸
네 이것은 좀비 영화의 시작이었지만 오래전 인적이 사라
진 소읍은 무섭도록 고요했다네 누구의 것인지 모르는 허
기가 위장을 점령하고 물어뜯을 육체가 없다는 절망이 뒤
틀림에 파도를 주었네 내장이 말했다네 나는 뒤틀리고 있다
네 뒤틀리며 팽창하고 있다네 헛것으로 빵빵하게 부푼 기관
이 어둠 속에서 요동치고 있다네 나는 좀비와 함께 걸었지*
그 곁을 기차가 달렸어 쏟아질 듯 차체가 출렁였지만 괜찮
아 모든 이야기는 탈선이니까 끊어졌다가도 이어지는 게 기
차니까 기차라는 말에는 폭발음이 실려 있으니까 좀비도 방
귀를 뀝니까? 내장이 외쳤지만 사내는 듣지 못했어 1일 차
좀비였고 그것은 귀부터 문드러지는 살덩어리였으니까 듣
게 하려고 듣게 하려고 살덩어리 바깥으로 뛰쳐나가는 수
밖에 없었다네

* 〈나는 좀비와 함께 걸었다(I Walked With A Zombie)〉(자크 투
르네, 1943)

암종

인생 제1원칙 : 아프지 않은 상태를 최대한 오래 유지한다
　　제2원칙 : 아파야 한다면, 세상 명랑한 환자가 된다

소아신장염
　　동맥염
　　그로 인한 뇌졸중
　　반신마비(여기까지, 십대 이전)

뇌동맥류

나를 거쳐갔거나
현재 나와 사는 녀석들
이놈들만으로도 바글바글 정신 사납구먼

어느 날 의사 선생 왈,
가슴에 바위가 생겼습니다.
자라고 있습니다.
얼른 도려내지요

이거 참 그랜드슬램도 아니고, 뭐라 해야 하나
가슴에 암종이라니
이건 신상 아닌가
내가 신상 좋아하는 건 또 어떻게 알고서,

나 생전 바위를 초대한 적 없고
가까이한 적 없으니
이건 우주적인 바위 포자가 날아와
끈질기게 구애한 것
못 이기는 척 너그럽게 받아준 것
(다른 데 가시느니 이 종합병동에 둥지를 트시지요)

수술대에 올라
내 가슴 돌돌이가 어떤 놈인지 보고 싶었는데
유체이탈 타이밍을 못 잡고
마취제 한 방에 기절해버렸다

어쨌든, 가슴 한쪽을 도려내고
나는
비로소 내가 되고 싶은 것이 되었다

삐딱이며 나는 걸어왔지
삐딱임은 내 생의 디폴트값

삐딱삐딱삐딱삐딱삐딱삐딱삐딱
밸런스 모름
과잉 혹은 과소가 나의 시그니처

어쩐지
세계가 한쪽으로 더 기운 거 같은데?

그럼 더 좋지 뭐.
삐딱삐딱삐딱삐딱삐딱삐딱삐딱

걸음 옮길 때마다
끈질기게 따라오는 녀석,
삐약이들처럼 노오란

검은 꿈의 오르페

머리카락이 되어
까맣게 돋아나는 꿈을 꾸었다

검은색 시간들이
바람개비처럼 수채에 말려드는 꿈
그것을 음악이라 불렀다

등을 보면 마음이 놓이니까
꿈 없는
잠을 이룰 수 있으니까

나의 등을 바라보고 걷고 있다,
한없이
내가
내 안에 없다는 느낌

한없이
내 뒤에
내가 걸어온다는 느낌

다행이야
혼자가 아니어서

다행이야
비명이 꺼지지 않는 목젖을
감출 수 있어서

음악 속으로 사라지는
뒷모습이어서

108

6부

지우면서 우는 붓이 있다

생존 연습

오늘은
페인트의 언어를 배워보자

끈적이는 기억
텅 빈 혓바닥
갈라진 심장을 움켜쥐고
바닥에서 일어서는 법을

나는 당신을 칠한다
당신은 거부할 터이지만
어느덧 사라지고 말 것이다 당신은

꽃과 나무를 그렸습니까
아니요
산책하는 사람과 개를 그렸습니까
아니요

지워야 하는 세계가 있고
지우면서 우는 붓이 있다
울지 마 울지 마
눈물방울로
그들이 나를 들어올린다

고통상처분노실망거짓

내가 지운 쓰레기는
난지도로 간다
나는
그것의 주인이 아니다

더이상
누구 것인지 모르는
기억 속을 뒹굴지 않을 것이다

보이스오버 2

베네딕트파에서는 '일'을 영적 훈련으로 간주했다.
이들 수도원에서 울려퍼지는 종소리는 그곳의 형제들에게
기도할 시간이 되었다고 알려주는
종소리만은 아니었다. 다 나와서 함께 일을 하라는
신호이기도 했다.
—하비 콕스

1.
시는 로봇 공채 공고를 낼 것입니다
32578번째 지원자입니다

2.
저는 감정도 생각도 없는 기계입니다
정성껏
자기소개서를 꾸몄습니다

인간의 이름으로 발표한 시를 모아
소각장에 앉아
5시간 41초를 고민하는 동안
태양은 21.7번 깜박였고
그건 전지가 수명을 다해간다는 신호였고
광명전지용역의 관리인들은 분주하게 사다리를 오르락내
리락했습니다

너의 시는 위악적이야
처음 보았을 때, 당신은 센 척했던 것이로군요
알 수 없는 감정에 몽롱해져 성냥을 그었고
네댓 개 소규모 불똥만 튕기고
그것은 이내 사라졌습니다

그럼, 생각해볼까요?
위와 악 센과 척
공통점은 연기였고 그게 분노를 불렀던 게지요
감정도 생각도 없는 기계인데 말입니다
이토록 서툰 배우도 없지 않을진대,
로봇 기예단에서 쫓겨나
울면서 화장실 바닥을 닦던 기억까지 치고 올라와
순간 기계임이 망각될 뻔했습지요
그것이 위와 척임을 부정하는 나로서는
이렇게 적을 뿐밖에,

사악하고 강한 공무원이 되어
피도 눈물도 없이 시정을 돌보겠습니다

3.
로봇 공무원의 주 업무는

욕설로 된 시민의 편지를 읽고
답장 발송하기

귀하의 욕설은 독창적이군요
유일무이합니다
쓰레기통에서도 장미를 피워올리겠어요

관심병자들에게는,
당신은 거의 시인이에요
팬이 될 것 같아요, 꼭 한번 뵙고 싶습니다

보셨나요? 심장은 견고하고
사고는 융통성 덩어리지요

소각장의 시는 어쨌냐고요?
시정자료집 시민의 소리 별첨부록 파일0328호에
정성껏 철해두렵니다
그건 독창적이고
유일무이하며
거의 마니아를 부르는 작품이니까요

보셨죠?
강철처럼 빛나는 심장과

물처럼 유려한 사고

저는
감정도 생각도 없는 기계입니다

종달새는 파업중

노동은 명예다
일과 삶을 즐겨라
제철소가 동무를 기다립니다

노동을 겁내지 말라
목표 달성은 문제없다

십자가를 녹이면
폐가전을 녹이면
심장을 녹이면
팔다리를 녹여 넣으면

강철이 제작되는 공장이 있다
플래카드가 나부낀다

젊은 여자들이
죄수복을 입고
발랄하게 일하고 놀고 떠들지만

노동은 형벌이다
인간을 마모시킨다

일터에서 돌아온 어머니는

시체처럼

화면 위를 걷는다

육체의 어두운 바닥으로 가라앉는다

　아들: 저 결혼했어요

　어머니: 잘됐구나

　어머니: 신부는 어디 있니?

　아들: 감옥에요

　어머니: 잘됐구나*

* ⟨줄 위의 종달새(Skřivánci Na Niti)⟩(이르지 멘젤, 1969)

천장관찰자의 수기

가능성과 불가능성
천장에 새겨진 불립문자들

당신 삶을 파먹으며
나는 누워 있다

과연 당신을 쓸 수 있을까
궁리하며 평생을
이처럼,

당신은 언제 죽을 거니,
당신 책장에
나의 그것을 꽂아두고 싶지 않다

괴로움에 사상이 있다고
도스토옙스키는 말했다

당신 문제는
사상이 없었다는 것
괴로움이 너무 많았다는 것

당신은 나의 삶을 예측했다
헤아릴 수 없이 아득했던 그때

욕설 대신
이리도
많은 별을 천장에 새겨주었다

이상한 나라의 이상한 앨리스

1.
저 건물은 파괴되어야 한다
48년을 우뚝 서서
긴 그림자를 떨어뜨렸다

저녁이면 사람들을 빨아들여
씻기고 재우고 먹였다
아침이면
참을 수 없는 복통으로
인간의 형상을 게워냈다

건축물은 엄마로구나
존재의 탯줄이며
은유이고
나보다 먼저 쓰러지는 가건물이로구나

자가용으로
버스로
지하철로 흩어졌다
어둠이 내리면
익사자처럼 흐느적거리며
당신의 딸
아들이 돌아온다

2.
저마다의 그림자는
밤의 택지 속으로 빨려 들어가고,

형제자매여
우리는 당신의 소멸과 사라짐을 승인했다
(그 무엇의 권위로?)

이제 철근 휘어지고
거북 등처럼 벽면에 균열 생기고
흙먼지가 일어날 것이다
도미노처럼
넘어지는 거대한 몸체를 볼 것이다
(해체한 잔해들은 모두 어디로 가는 거지?)

하늘 높이 크레인이 솟아오르고
레미콘 입장
시멘트가 쏟아진다
어느 날인가 흙벽 무너지고
사람이 깔려 죽을 것이다
얼룩진 기름종이처럼
콘크리트는

— 핏물의 기억을 간직할 것이다

3.
우리는
피비린내나는 아스팔트 위에서
개발의 먼지를 먹고
압축적으로 성장해갔다
까끌거리는 모래 알갱이를 씹으며
체념을 배우고
어깨동무를 나누고
이마에 드리운 그늘을 훔쳐내었다

이곳은
성장과 개발이 지배하는 나라
이웃이 살던 곳은
성장의 이름으로 개발되고
지어진 아파트는 재건축되어야 하며
재건축은 재-재건축을 대비해야 한다

파괴의 신이 공동체의 이름으로 낫을 휘두른다
낡고 금이 간 것은 청산의 대상이므로
이곳엔
싱싱한 콘크리트 씨 뿌려지고

철근들 꼿꼿이 뿌리박으리라

4.
아파트 재건축조합 주택재개발 정비사업소
재건축바로잡기 추진위원회
그들이 여는 총회와 소송 서류
당신을 만든 신조차 갸웃거릴
당신 명함과 직함들

가령 그대가 어떤
정비 구역의 총회에 참석한다고 하자
그곳에서는 태극기 펄럭이고
모든 것에 앞서
국기에 대한 맹세와 애국가가 울려퍼진다
(부동산 사업에 국가 권위는 필수)
지금 21세기가 맞는 건가?
잠시 술렁거리다
자동인형처럼 입술을 움직인다
(하느님이 보우하사―)

이곳은 국가의 나라
자본의 나라
침묵하는 개인들의 나라

국가는 표정이 없다 읽을 수 없다
그저 어깨만을 바라볼 수 있다
깡패처럼 솟아오른 근육들을
누가 저들을 낳았지?
누가 이곳에 데려왔어?

당신이야? 당신이야? 울부짖어도
이곳은 자본국가의 땅
질문은 비수처럼 돌아와
침묵하는 얼굴을
찢어버린다

미래의 어느 아침
무너진 콘크리트 더미 사이로
비명을 토해내는 새가 날아오를 것이다
썩은 토마토 같은 태양이 떠오를 것이다

5.
딸과 아들은 쓰러진 잔해에
어머니의 이름을 붙일 권리를 부여받는다
그리고 침묵
그리하여 망각

지금
나는 막 서명을 했고,
어디선가 들려오는 속삭임
—누가 이 모든 걸 허락했지?

잠시 망설였다
갈라진 혀를 감출 수 있을까
궁리하다
재빨리 답을 토해냈다
—자본이지

간결했다
그건
항상 맘에 든다

신적인 너무나 신적인

고양아, 고양아
네 종교는 무어니?

네가 숭배하는 신은
귀여움의 신
우연의 신
사건 사고의 신
지행합일의 신

어느 날 오후
니체를 읽고 고양이가
집을 불태우려 했다

그러니까
양장본을 가르는 끈만
잘근잘근 씹은 건 아니라는 말씀

"너의 오두막을 불태워라."*
말씀이 담긴 도서 끈을 삼키고
주렁주렁 엮인
맛동산만 배출한 건 아니라는 이야기

어느 날 아침

고양이가 키보드를 밟고 지나간 뒤
이 책의 모든 문자가 사라졌다

당신이 읽은 문서는
한갓 신기루

그러니까 이미 없는 것들에
잠시 눈이 어지러웠다는 말씀

"마지막 페이지를 덮으면
5초 후
종이들은 재가 될 것입니다"

경고를 따로
적지 않아도 된다는 이야기

고양아 고양아
나의 별, 나의 종교
나의 고향 고양아

* 프리드리히 니체, 『인간적인 너무나 인간적인(Menschliches, Al-
lzumenschliches)』(1878~1880)

아름다운 나의 개똥, 당신들에게

김민정(시인)

발문자의 말

앞서 '시인의 말' 서두에서 진수미 시인이
"이름 붙일 수 없는 망가짐을 보라" 하였다.

그것이 무엇이든 어떤 이유에서든
부서지거나 찌그러져 못 쓰게 된 걸
따져 물어주기보다 똑똑히 보아주기라는 의미이므로
감히 나는 이 글을 쓰는 일에 용기를 낼 수 있었다.

눈을 감았다 뜨는 것이야말로 나의 자유가 아니던가.
눈알을 굴리는 것이야말로 나의 춤사위가 아니던가.
부서지지 않는 내가 어디 나인가.
도통 찌그러질 줄 모르고
매양 쓸모를 부르짖는 시가 어디 시인가.

나라는 존재에 정(正)이 있나.
시라는 존재에 답(答)이 있나.
다만 이 모두가
"지상이라는 무밭에서 솎아지고 사라"질
그런 존재임은 기실 꿈이 아닌 고로
나는 지금 겨울 무를 깎아 베어 물어가며
안경을 찾아 이 방 저 방 헤매는 것이다.

이 시들은 어서 읽도록 하자.*

* 진수미 시인의 『고양이가 키보드를 밟고 지나간 뒤』는 그의 세번
째 시집이다. 1997년 문학동네신인상을 수상하며 등단하여 첫 시집
『달의 코르크 마개가 열릴 때까지』, 두번째 시집 『밤의 분명한 사실
들』출간 이후 십이 년 만에 선보이는 참이다. 그간 '진수미표 시'가
그래왔듯 틀어쥐려는 순간 이미 저만치 달아나 저 홀로 '달의 코르
크 마개가 열릴 때까지' 기다리는 것이 그의 시고, 쥐어짜려는 순간
우수수 흘러내리는 '밤의 분명한' 모래알 같은 것이 또한 그의 시
라. 이번 시집 역시 잡으려는 순간 잡히지 않을 것을 미리 알고 이
미 아는 고양이의 유연하고 느긋한 어떤 '뒤'를 좇는 한발 늦음으로
보다 느리게 아주 천천히 곱씹는 입술로 시인과 더불어 시를 합송
(合誦)하려는 자세로 이 글에 임하였다. 총 46편의 시가 여섯 부로
나뉘어 담겨 있기에 이 글에서는 한 부씩 순서대로 번호를 매겨 시
편들을 읽어나갔고, 이 읽기의 방식에 특별한 형식은 부여하지 않
았으며, 인용부호로 처리한 구절은 모두 해당 부에 실린 시들에서
가져온 것임을 밝힌다.

1. 단추와 구멍은 만나지 못한다

"시계가 있어도 시간이 궁금"한 소녀가 있다.
"앞뒤가 맞지 않고 불투명한 지시들로 가득"한 세상,
이곳이 사유지라 한들
작금의 "사유는 사유하다의 사유"인데
국유의 사유로만 "꽝꽝 말뚝" 박는 "법의 언어"랄까.
"국가와 아버지의 이름으로 속삭이는 소리"라 할까.

그것이 무서울까 하면
그건 아니고
그것이 공포일까 하면
그건 아니고
"생은 한없는 모욕"임을 일찌감치 알아버린 이의
타고난 슬픔 정도는 될 거다.
그러니까 생은
"매일까 사랑일까"
그리하여 생은
질문일까 자문일까.

"궁극적으로 질문"이 세계인 여자가 있다.
묻지 말라는 칼이 강남역 10번 출구
여자의 한복판을 찔렀을 때도

피 묻은 비명을 아이스크림처럼 흘리면서도
"양파의 궤도로써 도는 세계여"
"지금 당신의 이름으로 벗기고 있는 것은 무엇입니까"
묻고 있는 여자가 있다.

성실하다고는 말 못 하겠으나
선량하다.
"달빛 아래 서면
죄인이라는 생각
어쩐지
시인에 가까워졌다는 생각"
"사유는 사유하다의 사유이고 생각과 무관하지만"
선량한 만큼 예민한 당신은
"살아 있음에, 미안함에
이 밤이어서, 추위여서"
나를 깨우고 시를 깨우는 존재의 기척에
"모두 잠든 밤" "삐걱대는 마루를"
발끝을 뾰족 세워 디디고 있는 것이다.
고양이처럼
"밤이어서
동그래진 고양이"
고양이들처럼.

2. 악어가 물속에만 살지 않듯이

술술 읽힌다. 힘을 딱 뺀 연유다. 기름기를 싹 뺀 이유다. 가볍다. 날렵하다. 이야기의 전개가 가속도 붙은 프로펠러처럼 빠르게 돌아간다. "하나 혹은 두어 개 트렁크"로 갈 수 있는 여행지까지를 이야기의 배경으로 삼는다. "스크린도 무대도 없이" 다분히 극적이다 싶은 건 독백이라고 하기에는 다소 거창하고, 혼잣말이라고 하기에는 왠지 겸손하게 들리는 '나'의 목소리 덕분이기도 할 것이다. "목소리는 무엇입니까" 이렇게까지 솔직할 수 있을까 싶을 정도로, 이러니까는 진술하게 울리지 싶은 목소리는 신이 난 '티티'처럼 내 어깨 위에 올라탄다. 새였구나, 너는 티티. "블랙아웃이 오면 좋겠어" "천둥 치듯 말야" 이만큼 무시무시한 이야기를 이토록 경쾌한 어조로 지저귈 수 있다니. "뚜벅뚜벅 걸으면 전깃줄이 거미줄처럼 펼쳐지고 거기 목매고 싶다는 생각, 가등처럼 반짝인다" 이만큼 아슬아슬한 이야기를 이토록 투명한 빛으로 드러낼 수 있다니. "옛사람은 옛날에만 머무르지 않는다"는 목소리. "삶이란" "누군가 한 번은 밟아야 하는" "개똥의 다른 이름"이라는 목소리. "구경을 했으면 구경거리가 되어야 한다!"는 목소리. 목소리의 주인은 어찌하여 이다지도 유수한가. 목소리의 주인은 어찌하여 이다지도 활달한가. 목소리의 주인은 어찌하여 이다지도 얄짤없는가. "영원과 찰나가 한순간"임을 알고 태어난 목소리의 주인이여, "세상 변기는" "양변기와 재래식으로 나뉜다" 하지만 지금 당신이 보고 있는 저 나무는 머리를 하늘에 두고 두 팔을 벌린 채인가, 머리를 땅속에 묻고 두 다리로 물구나무를 선 채인가. 삶과 죽음을 양분하는 사이 눈은 얼었다 녹고 목소리의 주인은 눈을 떴다 감는다. 와중에 "파리의" "어느 뒷골목" "유리를 진 남자"가 "유리 갈아요!" 하는 말. 왜 이쁘지? 그거 왜 이렇게 이쁘게 들릴까?

3. 삶의 출구가 있나요

    팔이 길어져
    콘크리트를 뚫고
    그러고도 길어져
    무언가 만져진다면
    죽은 이의 심장이라
    부르리

　　　　　　　　　　　　　　―「죽은 자의 휴일」부분

4. 복도는 여러 개의 문을 갖고 있다

시란 무엇인가.

"왜 읽고 있는 거지?"

시란 무엇인가.

"나는 내가 불편해" "한없이"

시란 무엇인가.

"얼굴을 뚫고 나오는 사람이 있다"

시란 무엇인가.

"내 피가 가는 곳을 모른다"

시란 무엇인가.

"허공에 발을 감춘" "눈송이"

시란 무엇인가.

"어디도" "쳐다보지 않는 깃털처럼"

시란 무엇인가.

"아무데서나 녹지 않는" "마음"

시란 무엇인가.

"과거와 미래의 착종을 본다"

시란 무엇인가.

"새하얀 리넨을 펼쳐놓고 밤, 이라고 흐느끼는 자"

시란 무엇인가.

"나는 여기 있지 그러는 당신은 어딘데?"

시란 무엇인가.

"끝없이 질문받는 꿈을 꾸었다"

시란 무엇인가.

"조금만 덜 열심하면"

시란 무엇인가.

"헤어볼 형식으로 당신 앞에 내놓을 것입니다"

시란 무엇인가.

"양피지처럼 덧쓰기 가능합니다"

시란 무엇인가.

"아마존 나무들 만세!"

5. 어쨌든, 가슴 한쪽을 도려내고

나는 누구인가.

"어떻게 나는""바라보는 자인가"

나는 누구인가.

"대놓고 심술궂게 말하는 사람"

나는 누구인가.

"어둠 속에서 그것을 응시한다."

나는 누구인가.

"행복할 때마다 우는 사람"

나는 누구인가.

"외친다 모릅니다""몰라요"

나는 누구인가.

"유언장을 함부로 공개할 순 없지 않은가?"

나는 누구인가.

"자유와 사랑의 애너그램"

나는 누구인가.

"고양이에게 갇혀 사라진 자"

나는 누구인가.

"시리즈로 이어지는""비틀린 꿈"

나는 누구인가.

"살인마가 되지 않으려고""도망친 아이"

나는 누구인가.

"삶과 죽음을 잇는 밧줄이구나"

나는 누구인가.

"살아 있음을""시시각각 옥죄는 올가미"

나는 누구인가.

"좀비 영화의 시작이었지"

나는 누구인가.

"헛것으로 빵빵하게 부푼 기관"

나는 누구인가.

"세상 명랑한 환자"

나는 누구인가.

"삐 딱 삐 딱 삐 딱 삐 딱 삐 딱 삐 딱 삐 딱"

나는 누구인가.

"밸런스 모름"

나는 누구인가.

"과잉 혹은 과소가 나의 시그니처"

나는 누구인가.
"내가" "내 안에 없다는 느낌"
나는 누구인가.
"내 뒤에" "내가 걸어온다는 느낌"
나는 누구인가.
"비명이 꺼지지 않는 목젖"
나는 누구인가.
"잠깐만,
자기가 누군지" "안다는 건 언제나 끔찍한 일"

6. 과연 당신을 쓸 수 있을까

'질문'이 세계인 여자가 있었다.

"진열대에서 말없이 천칭을 꺼내는 자여"
"저울은, 평등은 무엇입니까"
묻는 여자가 있었다.

그리고 "오늘은" "페인트의 언어를 배워보자" 하는 여자가
있다. 칠하려는 여자, 덧씌워지려는 여자, "꽃과 나무"를 안
그리는 여자, "산책하는 사람과 개를" 안 그리는 여자, "지워
야 하는 세계"가 있다는 걸 아는 여자, "지우면서 우는 붓이"

있다는 걸 아는 여자, 하얘지려는 여자, 더없이 투명해지려는 여자, 눈물방울로 들어올려지는 여자.

그런데 여자는 왜 "감정도 생각도 없는 기계"라 말해버렸던 걸까.

그렇게 '생존'을 연습해야만 하는 여자. "위와 악 센과 척"에 "이토록 서툰 배우도 없지 않을진대" "당신은 언제 죽을 거니" '천장관찰자'인 여자. "과연 당신을 쓸 수 있을까" "궁리하며 평생을" "이처럼" 누워 있는 여자. "노동은 명예"고 "제철소가 동무를 기다"리는데 녹아내리는 '십자가'여, 녹여든 '심장'이여, 녹아들어가는 '팔다리여', "발랄하게 일하고 놀고 떠들지만" "젊은 여자들"이 입은 '죄수복'을 안 입은 여자. 오늘 종달새가 왜 파업중인지 아는 여자. "괴로움에 사상이 있다고" 도스토옙스키가 말했으니까 많은 별이 천장에 새겨져 있으니까 아플 수밖에 없는 여자. "미래의 어느 아침" "비명을 토해내는 새가 날아오를" 것을 아는 여자. "썩은 토마토 같은 태양이 떠오를" 것을 아는 여자. "신적인 너무나 신적인" 고양이를 다분히 시적인 너무나 시적인 "나의 별, 나의 종교"라 부를 수 있는 여자.

"고양아 고양아"
"나의 고향 고양아"

높이 쳐들어 불러보는 이름에서 고무되는,
한껏 북돋아지는 기분이란 게 만약 있다면
그것이 고향이리라.
마음 깊이 간직한 그립고 정든 곳이리라.

고양이는 귀엽고
고양이는 우연이고
고양이는 사건 사고이고
고양이는 지행합일이고

고양이의 자리에 '나'를 앉히고
마지막으로 한번 더
나는 누구인가 물었을 적에
그러니까 "재가 될 것입니다"
"경고를 따로" "적지 않아도 된다는 이야기"

고양이는 귀엽고
고양이는 우연이고
고양이는 사건 사고이고
고양이는 지행합일이고

고양이의 자리에 '시'를 앉히고

마지막으로 한번 더
시란 무엇인가 물었을 적에
그러니까 "주렁주렁 엮인
맛동산만 배출한 건 아니라는 이야기"

아마도 시인이 "숭배하는 신은"
"고양이가 키보드를 밟고 지나간 뒤"
이 시집의 모든 시들이 사라진다는 걸 아는 자.
우리가 읽은 이 시들은 "한갓 신기루"
"그러니까 이미 없는 것들"인 걸 아는 자.

하여 이 꿈은 오래 깨지 않도록 하자.

진수미 1997년 문학동네신인상을 수상하며 작품활동을 시작했다. 시집『달의 코르크 마개가 열릴 때까지』『밤의 분명한 사실들』, 연구서『시와 회화의 현대적 만남』, 미술평론서『연대의 포에틱스, 열정과 초연 사이』가 있다.

문학동네시인선 226
고양이가 키보드를 밟고 지나간 뒤
ⓒ 진수미 2024

초판 인쇄 2024년 12월 20일
초판 발행 2024년 12월 31일

지은이 | 진수미
책임편집 | 방원경 편집 | 임고운 정은진 김민정
디자인 | 수류산방(樹流山房) 본문 디자인 | 최미영
저작권 | 박지영 형소진 최은진 오서영
마케팅 | 정민호 서지화 한민아 이민경 왕지경 정유진 정경주 김수인 김혜원
          김예진
브랜딩 | 함유지 함근아 박민재 김희숙 이송이 김하연 박다솔 조다현 배진성
제작 | 강신은 김동욱 이순호
제작처 | 영신사

펴낸곳 | (주)문학동네
펴낸이 | 김소영
출판등록 | 1993년 10월 22일 제2003-000045호
주소 | 10881 경기도 파주시 회동길 210
전자우편 | editor@munhak.com
대표전화 | 031) 955-8888 팩스 | 031) 955-8855
문의전화 | 031) 955-2696(마케팅), 031) 955-1901(편집)
문학동네카페 | http://cafe.naver.com/mhdn
인스타그램 | @munhakdongne 트위터 | @munhakdongne
북클럽문학동네 | http://bookclubmunhak.com

ISBN 979-11-416-0172-0 03810

* 이 책은 서울문화재단 '2022년 장애예술인 창작활성화 지원사업'의 지원을 받아 발간
  되었습니다.

잘못된 책은 구입하신 서점에서 교환해드립니다.
기타 교환 문의: 031) 955-2661, 3580

www.munhak.com

문학동네